Anonymous

Die Berliner Weiber

Ein originelles Lustspiel in 3 Aufz.

Anonymous

Die Berliner Weiber
Ein originelles Lustspiel in 3 Aufz.

ISBN/EAN: 9783743622647

Hergestellt in Europa, USA, Kanada, Australien, Japan

Cover: Foto ©Andreas Hilbeck / pixelio.de

Weitere Bücher finden Sie auf **www.hansebooks.com**

Die

Berliner Weiber.

Ein originelles Luftspiel

in

drey Aufzügen.

Charlottenburg, 1790.

Personen.

Messalia. Messalia von Irrwisch.

Franziska. Franziska von Lindenhain, Schwester der Messalia.

Theodorich, Gemahl der Messalia. Herr von Irrwisch, geheimer Rath.

Appollonia, eine alte Dame. Appollonia von Schlangenbad, Messaliens Mutter.

Karoline, ein lediges Frauenzimmer. Caroline Lustig.

August, ein Officier. August von Springensfeld.

Mine. Kammermädchen der Messalia.

Henry. Theodorichs Son, der von der Universität zurückkommt.

Isack, ein Jude.

Montmorcy, ein Justizcommissarius. Kammergerichtsrath.

Eine Wache.

Carl } Bediente.
Johann }

Die Scene ist unter den Linden, wo mehrere Personen unter einander gehen, und dann in Theodorichs Haus.

Die
Berliner Weiber.

Ein originelles Lustspiel
in drey Aufzügen.

Erster Aufzug.

Erster Auftritt.

Messalia. Franziska.

(auf einer Bank sitzend unter den Linden; indem Caroline unter vielen andern auf und abgeht.)

Messalia.

Für mich ist doch kein unausstehlicher Geschöpf, als ein gescheuter Mann — meiner Seel! ich hab ein hübsches Töchterchen, aber für die will ich einen Mann aussuchen, der auf Glauben traut! Sie können nicht denken, was ich bey meinem Mann leide, er ist ein Weltmann, und doch — ha! ha! ha!.

Fran-

Franziska. Ein wahres Verdienst, einem Weltmann eine Brille aufzusetzen!

Messalia. Aber das Verdienst muß man sich auch mit vielen Sorgen erkaufen — ich wollte dieses Ruhms gerne entbehren, wenn ich einen Mann hätte, wie ich ihn wünsche!

Franziska. Keinen Mann, und viele Männer! — Die Welt wird immer gescheuter! Denn hat man keine Sorgen, und hat sie, wie man sie wünscht!

Messalia. Ein allerliebster Gedanke! Wie wär's, liebe Franziska, wann wir ihn im Modejournal dem aufgeklärtem Publikum vorlegten?

Franziska. Ich denke, die Männer sollten uns am meisten darüber loben!

Messalia. 's ist ein vortreflicher Abend, den will ich benutzen! ich habe heute meinem Mann 10 Dukaten im Spiel abgenommen, und diese will ich meinem Vergnügen opfern! — Franziska, wann wir genug hier im Lindenschatten gewandelt haben, so gehen wir nach Haus, und ich will noch mehrere gute Freunde bitten lassen, dann —

Franziska. Aber wo ist denn dein Gemal?

Messalia. Auf seinen Philosofenzimmer, wie er es nennt — und er mag immer zugegen sein!

Fran-

Franziska. Ja, du haſt Recht! ein Philoſof muß gegen alle Handlungen ſeiner Frau
gleichgültig ſcheinen!

Meſſalia. Aber warum nur ſcheinen? —

Franziska. Ein Philoſof mit Fleiſch und
Blut kann unmöglich immer das ſein, was er
zu ſein ſcheinet!

Meſſalia. Bliz! wenn nun alle Männer
Philoſofen wären — wirklich, oder nur dem
Schein nach! das ſollt uns Frauen wenig küm-
mern!

Franziska. Laß die Männer ſein, wie ſie
wollen, — aber die Frauen müſſen ſich auf den
Schein verſtehen!

Meſſalia. Sieh dort ein hübſches Paar!

(Karoline bey einem Herrn ſizend)

Franziska. Das Mädchen hat Couleur
und Coſtum einer Berlinerinn!

Meſſalia. Das wol, ein Kammermädchen
ſind ich!

Franziska. Sie ſcheinet klug genug zu
ſein eine Frau oder einen Mann zu hintergehen!

Meſſalia. Komm wir wollen ſehen, daß
wir ſie ſprechen! (Stehen auf, und gehen aufund ab)

A 5 **Zwei-**

Zweiter Auftritt.

Die vorigen. Karoline.

(Karoline geht allein, indem sich die beiden Damen zu ihr gesellen.)

Messalia. Warum haben Sie denn Ihren hübschen Herrn verlassen, bei dem Sie saßen?

Karoline. (ziemlich dreist) Als ob's Gesetz oder Mode wäre, immer bey einem Herrn zu bleiben — ich habe dem Herrn gesagt, was er gerne hört, und damit Adieu! (lacht laut)

Franziska. Aber verzeihen Sie! er hat Ihnen doch auch gesagt, was Sie gerne hören?

Karoline. Ich sehe lieber, als ich höre! Worte sind nur gar zu oft ein leerer Schall, aber — (zieht eine Goldbörse hervor) diese seh ich gern! ich liebe Realitäten!

Messalia. Da konnten Sie den Herrn immer zufrieden lassen, und von ihm weggehen!

Karoline. Er kennt mich schon — ich komme wieder! —

Franziska. Und bringen ihm die leere Goldbörse?

Karoline. O so schlimm ists nicht! man lebt nicht von einer Börse!

Messa-

Meſſalia. Wahrhaftig! Sie wiſſen zu leben, und Ihre Lebensart iſt immer die beſte! Geld und Freiheit! des menſchlichen Lebens zwei ſchönſte Demanten!

Franziska. Beſonders itzt, da es eine Seltenheit iſt, eine volle Goldbörſe zu verſchenken!

Karoline. Nur ſelten von Männern, — aber deſto häufiger von Frauen, die die Goldbörſen ihrer Männer mit dem Kammerdiener theilen! und wär' der nicht ſo artig das, was er von der Frau gewinnt, mit einem Mädchen durchzuſchwärmen, ſo fiel dieſer ihr Brod und Verdienſt gänzlich! die niederträchtige Pfuſcherinnen von Frauen!

Meſſalia. Sie ſind wol neidiſch?

Karoline. O das kann ich für meine Perſon gar nicht ſein! mir ſoll keine Frau nicht ein Haar und einen Pfennig eines Mannes ſtreitig machen!

Franziska. Sie lieben doch einen immer iner, als den andern?

Karoline. Je, nachdem er in die Taſche griff — dann vorher ließ ich keinen, und alle gleich! Geſtern Mittag beſuchte mich ein hübſcher Mann von der Gattung Männer, von

denen

denen man gewöhnlich die letzte Visite annimmt — sein volles Ansehn lies wirklich etwas erwarten, allein der gute Mann schlief nach
Tische, und die böse Frau nahm ihm das Geld
aus der Tasche! — Abends kam ein junger
Graf, und bezalte mir das Abendbrod mit sechs
Louisd'or! Welcher von beiden ist wol mein lieb-
ster gewesen?

Messalia. Der Ihnen die Sechse gab?
(lacht laut)

Karoline. So denken die Frauen doch
eben so, wie wir Mädchen!

Franziska. Sollt' es wol nicht Zeit sein
nach Hause zu gehen, liebe Messalia, und die
zehn Dukaten, wovon du sprachest in Richtig-
keit zu bringen?

Messalia. Ja, ja, wir haben izt der freien
Luft genossen! (Karoline will sich verabschieden) gehen Sie mit uns, mein Kind. Sie haben doch
nichts zu versäumen?

Karoline. Ich kann überall gewinnen,
aber nichts verlieren!

Franziska. Ein Mädchen ist immer sich
selbst das einträglichste Lotto! (gehen ab)

Drit-

Dritter Auftritt.

Die vorigen, August, Johann.

(Die Scene ist in Theodorichs Hause.)

Karoline. (sieht sich um) Alles so fein, so zierlich! wie glüklich ist der, der reich ist!

Messalia. (nimmt ein silbernes Glöckchen, das auf einem Tisch liegt und läutet) Die Kammerhure wird wol wieder nicht zu Hause sein — der infame Nickel! oder ist sie —

Johann. (bückt sich tief, voller Athem) Was befelen Ihro Gnaden?

Messalia. Wo ist das Kammermädchen?

Johann. (räuspert sich) Sie ist so eben — eben weggegangen! soll ich sie rufen?

Messalia. So weißt du, wo sie ist?

Johann. Euer Gnaden (besinnt sich)

Messalia. Geschwind sag, wo sie ist! der Henker weiß, wies in diesem Hause zugeht, wenn ich nicht da bin.

Johann. (lacht in den Bart) Recht ordentlich, Euer Gnaden! aber verzeihen Sie, ich brauche etwas Geld! ich habe schon (räuspert sich) fünf Monate nichts erhalten!

Messalia. Wo ist das Kammermädchen?

Jo-

Johann. Ich wollte sie wol rufen, aber meine Stiefeln sind zerrissen, und die Schuh mußt ich dem jungen Herrn leihen! — (dreht sich um) wann ich erst Geld hab!

Messalia. (greift in die Tasche.)

Johann. (wendet sich schnell wieder zu Messalien) Euer Gnaden! sie ist mit dem jungen Herrn in die Comödi gefaren.

Messalia. Schon gut! — du holst Wein, und bestellst Punsch, und gehst gleich zum Konditor. (giebt ihm Geld.)

Johann. (geht ab, und sagt leise) Der Weinhändler und Konditor haben mer Geld als ich! die mögen warten! — (besieht die Louisd'or, und lacht)

Franzlska. (zu Karoline) Sie sind wol nicht ganz heiter? felt Ihnen was?

Karoline. (auf ein Portrait an der Wand deutend) Ich sehe da ein Gemälde, das meinem Vater sehr gleicht! um den hat mich eine Berlinerinn betrogen! O die Berliner Weiber!

Messalia. (zu Franziska) Wir wollen sehen, ob für uns schon aufgetragen ist. (gehen ab)

Vier=

Vierter Auftritt.

Karoline.

Was hilfts mir, daß ich mich bey diesen
Weibern aufhalte, und kein Herr? — ich sollte mich nur leise wegschleichen — und ich darf
mich nur mit einem Wörtchen verraten, so ka-
pert mir eine oder die andere dieser Hungerleide-
rinnen einen meiner hübschen Jungen weg, und
ich bin geprellt! — aber den jungen Herrn und
die Kammerkatze mögt ich doch auch sehen! —
vielleicht gefiel ich dem jungen Herrn, und er
muß eben kein Kostverächter sein, daß er mit
dem Kammermädchen in die Komödi geht. —
Franziska wont doch mit Messalien in einem
Haus — wie wärs, wann ich Franziskens
Kammermädchen würde, und des jungen Herrn
Liebste — so viel Geld sollte Messalie ihrem
Mann doch nicht am Spieltisch abgewinnen,
als ich dem lieben Jungen am Toilettentisch! —
das sollte ein Geldcours im Hause werden! —
Sapperment! ich muß sehen, wie ich die Sache
einrichte, aber wenn nur der junge Herr bald
kommt — ich will ihn mit meinen paar Au-
gen durchblitzen, die haben doch schon manchen
Mann und Jüngling zum geben gebracht! —

(er-

(erſchrickt, weil ſie jemand kommen hört) Wer
kommt? — hat mich doch niemand belauſcht? —
ich muß geſchwind — —

Fünfter Auftritt.

Karolina, Theodorich, Franziska, Johann.

Theodorich. (kommt Karolinen entgegen, da ſie
eben weglaufen will) Gehorſamer Diener Mamſél!

Karoline. (neigt ſich) Ihre Dienerinn,
Euer Gnaden! Verzeihen Sie! Ihre Frau Ge-
malinn hat die Gnade gehabt mich von der Promenade hieher zu nemen.

Theodorich. Und meine Frau ſagte mir,
daß ſie ein ſo hübſches Kind mitgebracht hätte,
und bat mich, ſie zu unterhalten, weil ſie ein
wenig beſchäftiget iſt.

Karoline. Sie ſcherzen wol! — der Mann
einer Frau, wie die Ihrige iſt, kann keine andre
Schönheit mer ſehen, wenn ich auch wirklich es
wäre, was Sie mich im Scherz nannten!

Theodorich. Eine Schönheit ſehen, be-
wundern, lieben — und lieben iſt etwas ver-
ſchiednes!

Karo-

Karoline. Aber für Brod schreiben, und für Brod lieben, ist doch kein wesentlicher Unterschied, nur daß jenes den Kopf, und dieses den Körper angreift! jenes Bestimmung der Männer, und dieses Schiksal der Mädchen ist!

Theoderich. 's ist aber doch kein nothwendiges Schicksal!

Karoline. Die Kabale allein macht es öfters zur Notwendigkeit — sie raubt dem armen Mädchen den Vater und Brod, setzt sie aus allen woltätigen Verhältnissen einer bürgerlichen Gesellschaft hinaus, und überläßt es ihr denn sich im bloßen Naturstande zu versorgen! —

Franziska. (ins Zimmer tretend) nicht wahr, Herr Schwager, ein allerliebstes Mädchen — sie schickte sich zu einer Gesellschafterinn für mich!

Karoline. Wenn ich so glücklich wäre! —

Theoderich. (zu Franzisken) Sie haben uns in einem wichtigen Gespräch unterbrochen!

Karoline. Wichtig! es müßte nur für Ihr Amt wichtig sein, weil es von Ihnen mit abhängt, Menschen glücklich, oder unglücklich zu machen — Ihrer Person kann es ganz gleichgültig sein.

Franzis-

Franziska. (vor sich hin, ganz ernsthaft) ei=
ne sonderbare Antwort, die einen sonderbaren
Diskours voraussetzt! — ein schlaues Mäd=
chen!

Theodorich. Sie sollen Gesellschafterinn
meiner Schwägerinn werden — würden Sie
wol diese Stelle annehmen?

Karoline. Sagen Sie besser: „Kammer=
mädchen!" ein Kammermädchen hat doch die
Gnade mit Dero Herren Son in die Komödi
zu faren!

Theodorich. (hitzig) Mein Son mit einem
Kammermädchen in die Komödi! — wie soll
ich das verstehen?

Franziska. Ja, ja, Herr Schwager!
Henry ist mit der Mine ins Schauspiel gegan=
gen! — sie werden bald zurückkommen!

Theodorich. Und meine Frau sagte mir
doch, daß er sie auf der Promenade begleitet
hatte.

Johann. (eilt ins Zimmer hinein) Herr Ge=
heimerrath! es ist ein Paket vom Hof da!

Theodorich. (drückt Karolinen etwas in die
Hand) Pflicht hebt das Vergnügen auf! — Ich
sehe Sie doch wieder! (geht ab)

Sech=

Sechster Auftritt.

Franziska, Karoline, Messalia, Karl.

Messalia. Ums Himmels willen, Mamsell, was haben Sie gesagt? Mein Mann ist so bös —— ——

Franziska. Daß Henry mit der Mine in die Komödi gieng! —— Karoline kennt eben deinen Mann nicht!

Messalia. Der Erzpedant! er will den jungen Menschen zu ser einschränken! wann er dem Kammermädchen bisweilen einen Kus giebt, und den Busen streicht —— als ob das Verderben der Jugend wäre! —— Da schreit und lärmt er jetzt auf seinem Zimmer. ——. o Karoline, hüten Sie sich doch vor einem moralischen Mann!

Karoline. Ich bitte um Verzeihung! es thut mir sehr leid, daß ich dem Herrn Geheimenrath einen Aerger machte.

Franziska. (vor sich hin) Sie hälts mit den Männern! —— nicht, daß sie Messalien einen Verdruß machte, sondern daß sie den Geheimenrath ärgerte, verdrüßt sie!

Messalia. (nimmt ein Glas Punsch) So muß man böse Männer tragen!

Fran-

Franziska. (ein Glas in der Hand) Es lebe August! — mein August!

Karoline. (ebenfalls trinkend) Fürs Wol verliebter Männer!

Messalia. Könnten Sie nicht meinen Mann verliebt machen, Karoline, ich wollt' ihn Ihnen mit Vergnügen abtreten, und nur je zuweilen aus alter Bekanntschaft ein l'Hombrespielchen mit ihm machen!

Karoline. Ihren Mann verliebt zu machen, getrau ich mir nicht, aber so viel getrau ich mir zu behaupten, daß, wenn er mein Mann würde, er mir nie ein l'Hombre mit Ihnen spielen sollte.

Messalia. Aber warum? sind Sie denn so eifersüchtig?

Karolina. Gerade, wie Sie! — Nicht auf den Mann, aber aufs — Geld!

Karl. (tritt ins Zimmer, und nähert sich Franzisken) Gnädige Frau! es ist jemand angekommen, der Sie sprechen will! —

Franziska. (erschrocken) Nur mein Mann nicht!

Messalia. (zu Karolinen) Wir wollen sie allein lassen! (beide oben ab.)

Sie=

Siebenter Auftritt.

Franziska, August, Karl, (der an einer Ecke stehen bleibt, und horcht)

Franziska. Wird es wol — (August tritt herein) ja, er ist's! (fliegt ihm entgegen) den ganzen Abend hab ich schon auf Sie gewartet! ich dachte gar mein Mann sei angekommen! — Aber Sie sind so stürmisch?

August. Der Oberst hat mir heute wegen Ihnen Vorwürfe gemacht, und drohte mir, mich zu einem anderm Regiment in Westpreussen zu versetzen! ich bin ganz hitzig mit ihm geworben!

Franziska (erblaßt) Um Gottes willen! Sie haben doch nichts gesprochen, oder gethan, was Sie unglücklich machen könnte!

August. Ich bin unglücklich genug, wann ich von Ihnen getrennt werde — und hol mich der Teufel! ich habe ihn derb abgefertigt für seine Grobheiten. — Der Oberst! — er wird mir auflauern lassen!

Franziska. Ihre Sache mit dem Oberst ist schlimm, so viel ich merke! — Reden Sie doch, Bester! und wenn es möglich ist, soll der Geheimerath mit dem Oberst sprechen!

B   **August.**

August. Der Oberſt hat ſchon lange Gelegenheit geſucht, mich vom Regiment zu bringen, und fieng deswegen gleich in bittern Aus-
drükken von Ihnen zu ſprechen an — ich gab
(ſchweigt ſchnell) — ihn! —

Franziska. Doch keinen Hieb? —

August. Aber eine derbe Ohrfeige! und
lief davon!

Franziska. (beſtürzt). Du biſt verloren,
Auguſt! (finkt ihm an die Bruſt) ach, Auguſt!
ich deines Unglücks Schuld! Die Mörderinn
deiner Ruhe! — Auguſt, flieh, entfliehe der
Rache! haſſe mich — oder erlaube mir dir
nachzufolgen!

August. (beſinnt ſich) Ich eile fort! —
heute noch! im Augenblick will ich auf die Poſt
gehen — Franziska! verlaß mich nicht! —
man ſucht mich gewis — ich muß fort. (reißt
ſich von Franzisken los) —

Franziska. Verberge dich hier ins Haus! ich
will geſchwind mit Meſſalien ſprechen! — und der
Geheimerath ſoll deine Sache vergleichen! — Du
haſt den Oberſt doch nicht öffentlich beſchimpft!

August. Aber vom Regiment komm ich
doch, wenn mir auch der Oberſt vergiebt —
und ohne dich, Franziska — eile, pakke deine
beſten

besten Sachen zusammen, und geh mit mir!
Itzt ist der höchste Zeitpunkt unsrer Liebe —
und du kannst sicher wegkommen, da dein Mann
nicht hier ist! (will gehen.)

Franziska. Noch einen Augenblick, August!
laß mich nur besinn — Laß mich nur mit
Messalien sprechen — sie liebt mich und dich,
und Theodorich ist auch dein Freund!

August. (seufzend) Wie er es scheint —
Sollte dieser —

Franziska. Den Oberst wider dich aufge-
bracht haben — boshaft genug ist er nicht dazu,
aber philosofisch genug! Philosofisch zum
Eckel! — zum Unglück!

Karl. (springt hervor) Eine Wache vor der
Thür!

Franziska. (schleppt August in ein Nebenzimmer, und riegelt hinter sich die Thür zu) Geschwind,
geschwind!

Achter Auftritt.

Karl, die Wache, Theodorich, Messalia.

Karl. (im Zimmer auf und abgehend) Hier darf
ich niemand (indem die Wache klopft) hereinlas-
sen! (klopft stärker, und Karl öfnet die Thür.)

Die

Die Wache. (Ein Hauptmann und zwei Unteroffizier.) — (im Zimmer ist niemand als Karl) Ist der Lieutenant von Springensfeld so eben nicht hier gewesen?

Karl. Ich kenne keinen Lieutenant von Springensfeld — und kurz! es ist niemand hier gewesen, als ich — und die Herren mögen gehen ich habe Verdruß davon, wenn ich jemand in dies Zimmer lasse!

Die Wache. Ich hörte aber doch im Zimmer sprechen!

Karl. Das war ich! ich bin so ärgerlich, und wenn ich ärgerlich bin, sprech ich immer! — Gehen Sie doch, wenn sonst mein Herr kommt! — er kommt! (geht ab)

Theodorich. Wie komm ich zu der Ehre eine Wache in meinem Haus zu haben?

Die Wache. Ich habe Ordre den Lieutenant von Springensfeld zu arretiren!

Theodorich. Aber keine Ordre in mein Haus zu kommen!

Die Wache. Ich soll ihn aufsuchen, und ich hörte, daß er hier sei!

Theodorich. Und wann er auch hier ist, so will ich erst wissen, warum er soll in Arrest genom-

genommen werden — er ist mein Freund,
und —

Die Wache. (lacht laut) Vielleicht noch
näher mit Ihnen verwandt! — Sie geben also den Lieutenant Springensfeld nicht in meine
Hände?

Theodorich. Er ist nicht hier, und ich
weiß nichts um ihn! — Da kommt (Messalie
ins Zimmer tretend) meine Frau! — Hast du
nichts von Springensfeld gehöret?

Messalia. Es soll dem Oberst leid genug
werden, daß er so schlecht von unserm Hause
spricht! (zur Wache) Sie haben hier niemand zu
suchen und damit Adieu!

Die Wache. Ist der Lieutenant Springensfeld im Hause?

Messalia. Er ist weggegangen — und
ich steh Ihnen dafür, Sie sollen ihn nicht kriegen. — Der malitiöse Oberst! er ist Oberst,
und mein Mann Geheimerrath! Wir wollen
sehen!

Die Wache. (geht ab) Ja, ja! wir wollen sehen! (Messalia geht auch ab.)

Neun-

Neunter Auftritt.

Theodorich. (Meſſalia horcht im Nebenzimmer.)

Das ſakermentiſche Weiberzeug! — ich
bin im Geſchäft, und ſoll mich noch in
fremde Händel miſchen, in Händel, die einem
philoſofiſchen Mann keine Ehre machen —
ich will durchaus nicht wiſſen, daß Springensfeld im Hauſe iſt — er iſt mein Freund! —
aber — was ſoll ich nun beim Oberſt für ihn
ſprechen? — ich merkte es lange, daß ihn Franziske gut iſt — und ihr Mann hat doch weit
gröſſere Vorzüge, als Springensfeld! — Ein
paar goldne Treſſen, und eine ſchwärmende Fe-
der, und Italieniſche Fineſſe, iſt Springensfelds ganzes Eigenthum! — Das leichtſinnige
Weib! Itzt ſtürzt ſie den jungen Lieutenant,
und was wird ihr Mann ſagen, wann er zurückkommt! O ihr Weiber! Vergebens zankt um
euch, der Jüngling, und der Mann mit der
Natur, daß ſie euch verführeriſche Reize gab!
Wenn alle Kerker ihre Sklaven, wenn Galgen
und Rad ihre Opfer wieder geben ſollten, ſo wäre kein Weib vor der Rache ſicher — (geht auf
und ab) Ich muß heut noch an den Oberſt ſchreiben, muß ihm den Schimpf, den er unſrer Fa-
milie

milie anthun will, vorhalten! — Er kann
Franziska nicht schlecht machen — wann nur
(besinnt sich) wann nur ihm der Hauptmann Eisenfels nichts sagte, gegen den ich lezt mein Miß-
vergnügen über Springensfelds häufige Besuche
äußerte — ich muß an Eisenfels schreiben! —
ich that es doch nicht aus Haß — aus Besorg-
niß, daß ein unangenehmer Zufall entstehen
könnte, der nun entstanden ist, aber diesen
fürchtete ich eben nicht — Franziske denkt leicht,
und ihr Mann und ich ernsthaft! Ich bat nur
den Hauptmann Springensfeld bey Gelegenheit
zu warnen — ich selbst wollte es ihm nicht sagen — er hätte es philosofische Grille ge-
nannt!

Zehnter Auftritt.

Theodorich, Messalia, Franziska, August.

Messalia. (mit Franzisken und August ins
Zimmer stürzend) Hol der Teufel die philosofischen
Grillen — ich dacht es doch, diese werden das
Wetter über August angerichtet haben —

Franziska. Das ist ein schönes Schwager-
stückchen!

August.

Auguſt. Aber wie konnten Sie ſo argli=
ſtig an einem Freund handeln?

Theodorich. (ernſthaft) Aber wie konnten
Sie um eines Weibes willen einen Oberſt prü=
geln?

Franziska. (ganz bitter) Um eines Weibes
willen — gerade, als ob wir ſo ſchlechte Ge=
ſchöpfe wären, für die kein Mannsbild etwas
tragen ſollte!

Auguſt. Was ich that, that ich für die
Ehre Ihres Hauſes — und nun liegt Ihnen
ſelbſt daran dieſe zu vertheidigen!

Theodorich. (lächelnd) Ein ſonderbarer
Begriff von der Ehre meines Hauſes! nun muß
ich ſie freilich vertheidigen, da ſie ſie verdäch=
tig machten!

Franziska. Herr Schwager! Sie ſpre=
chen warhaftig zu viel!

Meſſalia. Für einen Philoſofen, für ei=
nen Pedanten, für einen Geſchichtsmann nicht
zu viel! — Mein lieber Manu hat vermut=
lich auch den alten Katechismus ſtudirt, und
hält ein Küſchen und ein bischen Schäckern für
Ehebruch — und wann ichs noch wäre, dem
Auguſt die Cour machte, ſo ſollte es mich nicht
verdrüßen — aber die beiden Schwäger haben
ſich,

sich, wie es scheint, zusammen verschworen uns Frauen zu veriren!

August. Nun, Herr Geheimerrath! wie denken Sie denn meine Sache mit dem Oberst zu vergleichen?

Theodorich. Sie müssen ihn abbitten — und zu einem andern Regiment!

Franziska. Und beides nicht! — Nein! Das erste möchte noch eher sein, aber das letztere!

August. (ganz leise zu Franzisken) Sie verraten sich!

Theodorich. Nun ich will zum Oberst gehen, ehe ein großer Lärm entstehet — aber wie ich mich mit dem Oberst abfinde, müssen Sie zufrieden seyn!

Franziska. (vor sich hin) Er wird ihn wol selbst von hier wegzubringen suchen!

August. Ich verlasse mich auf ihre Klugheit und Freundschaft!

Theodorich. Mit meiner Klugheit steh ich Ihnen in jedem Fall, mit meiner Freundschaft in billigen Sachen zu Dienst! (geht ab)

Eilfter Auftritt.

Meffalia, Franziska, Auguft, Johann.

Meffalia. Diesen Streich soll mir mein
Mann bezalen! — Franziske! Du mußt in einigen Minuten auf sein Zimmer gehen, und ihm
sagen, daß des Oberst Sekretär da gewesen sei,
und — mit einigen Louisd'or, die man an diesen wegschmeiße, mache er den Oberst wieder
gut — er giebt eher lieber Geld, als daß er
zu ihm geht — und Karoline wollen wir, als
eine Freundinn von uns zum Oberst schicken —
die soll ihn am leichtsten besänftigen! und ich
wette, er bezalt ihr noch den Weg!

Auguft. (küßt Meffalien die Hand) Ein gött-
licher Einfall! o wie gut, wie gut! bin ich den
Berliner Frauen! — So klug ist kein Bürger-
meister auf dem Rathaus, und kein Pfaff auf
der Kanzel!.

Franziska. (Auguft ein verfiegeltes Paket gebend)
Nemen Sie dieses auf den Schrecken, den Sie
ausgestanden haben — ich habe es so eben auf
der Post von meinem Mann erhalten!

Johann. (der an der Ecke einer Wand steht
und dieses sieht, hervorspringend) Ein Schrekken —

ach

ach Gott! ein Schrekken! — Der Herr Geheimerath wollte mich prügeln!

Meſſalia. Kerl, du biſt toll!

Johann. Nein, nein! einen Schrekken! — gnädige Frau, haben Sie kein Lebens-
pülverchen?

Meſſalia. Reis — geh zum Henker —
iſt der Herr noch auf ſeinem Zimmer?

Johann. Er will eben weggehen!

Meſſalia. (zu Franzisken) Du gehe, und
richte deine Sache auſ!

Johann. Der Herr Geheimerath läßt
niemand aufs Zimmer! — ich wollt' mir wol
noch einen Schrekken machen, und Sie beim
Herrn melden, aber da gehört —

Franziska. (lachend) Was denn?

Johann. So ein Temperirpulver, wie
Sie eben dem Herrn Lieutenant gaben, darauf!

Auguſt. (einen Thaler gebend) Man kann
es auch als Präſervativ vorher brauchen!

Johann. Ja, ja, gnädiger Herr! ach
Sie ſind ein allerliebſter Herr, — Sie wiſſen,
wie es armen Leuten zu Muth iſt! — Ja,
ja, ich will dem alten Herrn ſchon etwas weiß
machen — vor einen Thaler kann ich reden,

was

was ich will! — und wann denn der alte Herr
mir auch einen gäbe, daß ich nur schwiege —
's giebt doch noch immer ein Mittelchen sich ehrlich auf der Welt fortzubringen! (geht ab)

Franziska. (zu August) Gehen Sie mit
Messalien ins Speiszimmer — ich will indes-
sen zum Geheimenrath gehen, und seine Kasse
noch ein sanftes Abendlüftchen wehen lassen!

(alle gehen ab)

Zwölfter Auftritt.
Johann, Theodorich, Franziska.

Johann. Gnädiger Herr! Ihre Frau
Schwägerinn will Sie sprechen! — Ja,
wenn Sie wüßten! — (besieht seinen Thaler)

Theodorich. Ich brauche nichts zu wissen,
ich weiß nur zu viel!

Johann. Aber das Beste! (besieht seinen
Thaler)

Theodorich. Ist der Lieutenant Springensfeld schon weggegangen?

Johann. (lacht) Das mein' ich eben —
da sitzt er unten und punscht, und singt, und
lacht, und fällt der gnädigen Frau Franziska aufs Herz, daß es zerspringen möchte —

(besieht seinen Thaler)

Theo-

Theoderich. Haſt du nicht gehört, was von ſie ſprechen?

Johann. Ich hörte wol ſo was von Geld — ach das ſchöne Geld!

Theoderich. Von Geld! — gehe geſchwind wieder, und höre, ob du nichts näheres mir ſagen kannſt!

Johann. (ſieht ſtill)

Theoderich. So gehe!

Johann. (beſieht ſeinen Thaler) Nichts umſonſt!

Theoderich. (verſteht ihn, und giebt ihm ein Achtgroſchenſtück) Geh. — lauf, und komme dann wieder!

Johann. (lacht, und geht ab) Gleich, gleich wieder! — (begegnet Franziſken, die eben ins Zimmer tritt, und weißt ihr das Geld) Alles gut, alles gut! (geht ab)

Franziska. Liebſter Herr Schwager! Des Oberſten Sekretär war hier, und fragte nach Springensfeld — Der Sekretär iſt ein ſehr artiger Mann, und ein hungriger Teufel!

Theoderich. Der Oberſt beſteht wol darauf, daß Springensfeld in Arreſt ſoll!

Franziska. Der Oberſt wol — Aber der Sekretär!

Theo=

Theodorich. Der mag vielleicht etwas beim Oberst gelten, Sie haben ihm doch gute Worte gegeben!

Franziska. Und Sie könnten den Nachdruk geben! — Der Sekretär lies es deutlich merken, daß er in Geldverlegenheit ist, und — eine Freundschaft ist der andern werth! wenn wir ihn aus dieser rissen, so reißt er uns ganz gewiß aus der unsrigen!

Theodorich. Sechs Louisd'or wollt ich gerne geben, wann ich den Oberst nicht sprechen müßte — (greift in die Börse) hier haben Sie solche, und Springensfeld soll sie dem Sekretär in einem Brief schiken! ich wünsche gut Glück!

Franziska: Sobald mein Mann kömmt, soll er Ihnen das Geld wieder geben!

Theodorich. (küßt Franzisken) Als ob mir sechs Louisd'or zuviel wären Ihnen Ruhe zu erkaufen — nur ein bischen Vorsicht, gute Schwägerinn in Zukunft!

Franziska. (lächelt) Wahrhaftig! Sie sind ein guter Mann, und vortreflicher Moralist! (geht ab)

Drei=

Dreizehnter Auftritt.

Franziska, Meffalia, Auguft, Karoline, Karl.

Franziska. (Die ſechs Louisd'ors in der Hand)
Ich habe meine Rolle geſpielt — Karoline ſoll
nun die ihrige itzt auch ſo gut ſpielen! (giebt
Meſſalien das Geld)

Karoline. Wann ich ſie nur mit einem hübſchen Herrn zu ſpielen habe!

Auguſt. Allerliebſte Schöne! Sie können
mich Ihnen auf ewig verbinden, wann Sie gut
beſorgen, warum Sie die gnädige Frau gebeten
hat — und ich ſchwör' Ihnen, der Oberſt iſt
ein Mädchenfreund! Sie dürfen ohne Scheu
mit ihm ſprechen!

Karoline. Ich bin eben ſo furchtſam
nicht — ich habe mich an allerlei Leute ge-
wönt!

Meſſalia. Für Karolinen und den Oberſten iſt mir nicht bange, die ſollen ſchon in Frie-
den mit einander fertig werden!

Auguſt. (leiſe zu Karolinen) Der Oberſt
hat Geld! —

Meſſalia. (läutet mit einem ſilbernen Glöckchen, das auf einem Tiſch ſtehet) Der Bediente ſoll

den

den Wagen anspannen laſſen, der Karolinen zum Oberſten bringt.

Karl. (ins Zimmer tretend) Was befelen Ihro Gnaden?

Meſſalia. Laß den Wagen richtet — dieſe Mamſel wird wegfaren!

Karl. Gut, gnädige Frau! |— er iſt ſchon gerichtet! Der gnädige Herr hat ihn beſtellt!

Meſſalia. Mein Mann! will denn dieſer noch wegfaren?

Karl. (lachend) Er will zum Oberſt Brumeiſen!

Auguſt. Hol mich der Teufel! das iſt nicht richtig! er wird etwas beſonders mit ihm ſprechen wollen! (zu Karolinen) gehen Sie geſchwind noch vorher hin!

Karl. Ich hab eben von ihm ein Briefchen an den Sekretär des Oberſten tragen ſollen, wie Sie mich riefen

Meſſalia. (erſchrokken) Aber doch nicht überliefert?

Karl. Nein! ich habe es in der Taſche.

Auguſt. Herrlich, herrlich, daß er noch da iſt!

Karl.

Karl. (giebt Meſſalien den Brief) Der Herr iſt gar zu wunderlich! —

Meſſalia. (bricht den Brief auf und lieſt) Meiner Seel! wir wären verkauft (lieſt) „ich hätte gewünſcht, daß Sie, anſtatt mit meiner Frau und Schwägerinn zu ſprechen, mich ſelbſt in dieſer Sache —" das wäre ſchlimm genug geworden! (lieſt) „Herr Lieutenant Springensfeld wird Ihnen ſelbſt ſchreiben, und für Ihre Mühe lonen! Doch will ich den Herrn Oberſt noch ſelber ſprechen, und ihn bitten, daß er den Herrn Lieutenant zu einem andern guten Regiment —'" So hol dich der Henker! (wirft den Brief weg)

Franziska. Was dünkt dich, liebe Schweſter?

Meſſalia. Karoline geht itzt ſogleich zum Oberſt — und wenn die Sache ausgemacht iſt, ſo ſagt man meinem Mann, daß Karoline durch den Sekretär den Oberſten beruhigt habe.

Karl. Und ich ſag dem Herrn, daß weder der Sekretär noch der Oberſt zu Haus ſei — ein Bedienter hätte das Briefchen mir abgenommen.

Auguſt. Ein braver Kerl! — du machſt deine Sache gut!

C

Franziska. Lieber August! wir wollen in die Gartenlaube gehen — der Mond scheint so helle, und mir ist im Zimmer so bang! wenn nur Karoline schön wieder da wäre!

(Karoline, August, Franziska, gehen ab)

Vierzehnter Auftritt.

Messalia, Karl.

Messalia. Dafür sollst du nächstens Sekretär werden, daß du mir den Brief gabst! — dein Herr kann dich auch leiden, und glaubt, du seiest ihm so getreu.

Karl. (lacht) Mit wie viel Gehalt?

Messalia. (giebt ihm sechs Louisd'or) So viel monathlich!

Karl. Und dann heiß ich, Sekretär, und habe monathlich sechs Louisd'or — und —

Messalia. (streicht ihm den Bart) Mein zweiter Mann! (erschrickt) der Herr ruft! — (Karl geht ab) bei Gott und der Liebe ist kein Ansehn der Person! (geht ab)

(Der Vorhang fällt)

Ende des ersten Aufzugs.

Zwei=

Zweiter Aufzug.

Erster Auftritt.

Karoline, Franziska.

Karoline. (geht im Zimmer auf und ab)

Meiner Seel! der Weg reut mich nicht — der Oberst ist ein herzguter Mann. — Aber ich hab ihn auch angeäugelt, er müßt entweder am Nachlaß der Natur, oder am Beutelfieber krank gelegen sein, wenn er mir nicht gut geworden wäre — die Officiers! — sie haben weiche Herzen, besonders zu Anfang, oder in der Mitte eines Monats! — Der Oberst frägt nicht ohne Absicht nach meinem Logis! er wird mich zu sich rufen lassen, vielleicht gar selbst besuchen, er scheint nicht stolz zu sein! — den Lieutenant Springensfeld will ich auch noch auf meinen Leib engagiren! er ist mir itzt sehr viel Dank schuldig, und — ich habe mir seine Blicke gemerkt — und — Franziske muß ihm das Geld dazu geben! — Franziske und Messalie wahre Originalfrauen! Wenn alle Kopien so gut gerathen, so mögen die Berliner Männer alle im

Adelſtand erhoben werden, und Landgüter brau‍chen! — Ich bleibe ein Mädchen, und den Männern treu! (ſieht Franziſken ins Zimmer kommen)

Franziska. Ach ſind ſie ſchon wieder da, liebes Mädchen? ich habe indeſſen bey Auguſt in der Gartenlaube geſeſſen, und mir den Leib voll geängſtigt — ach, was haben Sie ausgerich‍tet? — iſt der Oberſt wieder gut? —

Karoline. Der Oberſt will dem Lieute‍nant Springensfeld vergeben, aber —

Franziska. (ängſtlich) Zu einem andern Re‍giment! —

Karoline. Dafür wollt ich eben nicht ſtehen!

Franziska. O Sie ſcheinen ſchon ſehr viel über den Oberſt zu vermögen — Sie können es auch noch zu wege bringen, daß mein Auguſt hier bleibt!

Karoline. (vor ſich hin) Wie er ſich gegen mir bezeugen wird.

Franziska. Kommen Sie! Auguſt ſoll Ih‍nen die Hand dafür küſſen, daß Sie mit dem Oberſt ſo gut akkordirt haben! (gehen beide ab)

Zwei‍

Zweiter Auftritt.

Mine.

Mine. (im Zimmer haſtig gehend) Aber was iſt indeſſen im Hauſe vorgefallen? — 's iſt alles ſo verwirrt — und der Geheimerath raſt auf ſeinem Zimmer! — wann er erſt wiſſen ſollte, daß ich mit Henry in der Komödi war! ein allerliebſter Junge! — den Alten will ich wol noch um ſeinen Son bringen, der iſt mir gewiß! aber vorher muß ich noch einen Advokaten fragen, ob ein Vater ſeinen Son enterben kann, wenn er ein Kammermädchen ſich zur Frau macht — Nein! das Erbgut muß mir erſt gewiß ſein, denn nehm ich indeſſen den Son als Heirathsgut! Meſſalie darf mir das Spiel nicht verderben! wenn mir dieſe nicht ihren Son gutwillig bei Heller und Pfennig verſchreibt, ſo bring ich ſie um Mann und Brod und Geld — ich muß den Geheimenrath noch ganz gewinnen! ich will ihm Franzlskens Liebesverſtändniß mit Auguſt, und Meſſallens Schleichhandel mit Karl — nein! nicht ganz entdekken, aber unruhig will ich ihn machen, und dann wird er in mich dringen ihn zu beichten — und ich will! — ich ſag' ihm doch keine Wahrheit, aber zu ſeiner

deſto

Vertrauten will ich mich machen, dann kann ich
desto dreister mit Henry meine Rolle spielen! —
Ha! 's ist eine Lust einen reichen Vater um seinen Son zu schnellen! (geht ab.)

Dritter Auftritt.

Theodorich, Messalia, Henry, Karl.

Theodorich. (mit Messalien spielend) Ich habe
den Oberst Brumeisen in einem Brief gebeten,
den Lieutenant Springensfeld zu einem andern
Regiment zu versetzen!

Messalia. Gut, mein Kind! ich wünschte
es wol selber! Franziske wird viel ruhiger sein,
wann sie sich nur einmal gewönet hat, ohne ihn
zu sein.

Theodorich. (vom Spiel aufstehend) Mit
Frauen spielen heißt immer den Prozes verloren
geben!

Messalia. Welche Grosmuth! etwas gerne verlieren, was man nicht gewinnen kann,
oder was nur ein geliehenes Kapital ist —
(vor sich hin) hab ich doch zwanzig tausend Thaler in dies Haus geschleppt!

Theodorich. Ist Henry noch nicht aus
der Komödi zurückgekommen?

Messa-

Meſſalia. Aus der Komödi — du träumſt
wol!

Theodorich. Ich weiß aber doch, daß er
mit dem Kammermädchen in die Komödi gieng,
und du ſagteſt mir, er ſei —

Meſſalia. Ein Mann der ſeiner Frau nicht
glaubt, iſt nicht wert eine Frau zu haben!

Theodorich. (lachend) Ha, ha, ha! da müßten wir noch ein paar Sekula zurück ſein, und
glauben, daß die Frauen Pabſt Natur hätten!

Meſſalia. Und wenn Henry in der Komödi war — als ob er erſt Erlaubniß bekommen müßte, da er doch auf der Univerſität ſtu-
dirte und promovirte, und doctorirte, und itzt
bald den Charakter als geheimer Sekretär erhalten wird!

Karl. (hinter Meſſalien ſtehend) Sie meint wol
mich! — ja, ja, ſie verſprach mir Sekretärs-
leben! — ich habe nun zwei Jahre hinter dem
Wagen ſtudirt!

Theodorich. Aber eben deswegen, weil er
itzt ſeinem Glücke nahe iſt, muß er ſich vorſich-
tig aufführen, und mit keinem Dienſtmädchen
aus ſeinem Hauſe öffentlich erſcheinen.

Meſſalia. O! die Kammermädchen gelten
itzt viel! ſie bauen manchem hübſchen Herrn

den

ten Weg zu Kriegsraths - und Sekretärs
Stellen.

Karl. (vor sich hin) Und wann's Kammermädchen nicht ist, so ist's die Frau!

Theodorich. Ein junger Mensch ist leicht
zu verfüren, und so ein Mädchen benutzt jede
Gelegenheit!

Messalia. Ich habe unsern Henry unter
dem Herzen getragen, und kann für ihn stehen!

Theodorich. (lacht) So sollte man doch alle
Mütter ungeratner Kinder zum Henker jagen!

Messalia. Was die Gelerten nicht für
Schlüsse machen! — und wir mit unsern Na-
turgaben haben doch schon manchen Philosofen
bezwungen (lacht hönisch)

Theodorich. (zu Karl.) Geh geschwind, und
rufe meinen Son. (Karl geht ab.)

Messalia. Daß du mir ja den Jungen
nicht erschreckst!

Theodorich. (lacht) Wollte Gott, er wäre
weniger frech, und mehr furchtsam!

Henry. (kommt ins Zimmer gesprungen) Was
giebts denn? — ich wollte eben —

Theodorich. Hast du nicht mehr Achtung
für deine Aeltern, als daß du so lärmst? Messa-

Meſſalia. Henry liebt mich, und die pe-
dantiſche Achtung begehr ich!

Henry. (der ſich auf ſeine Mutter verläßt) Nun!
was ſoll denn das werden? ich muß fort — ich
habe einem guten Freund verſprochen zu kommen!

Meſſalia. (winkend) Biſt du denn heute in
der Komödi geweſen?

Henry. Sie haben doch noch nie darnach
gefragt, und heute!

Theodorich. Du ſollſt mit dem Kammermädchen nimmer an einen öffentlichen Ort erſcheinen!

Henry. So bleib ich bey ihr zu Haus —
aber ich wüßte nicht, ſie iſt ehrlich und zierlich,
und luſtig!

Theodorich. O des verderblichen Umgangs
mit Mädchen! du gewöhnſt dir ihn zu frühe an!

Meſſalia. (lacht) Ein Katechismus-Gedan-
ke — oder ſpricht der Mann gar aus Erfah-
rung!

Henry. Hm! hab ich mich doch mit den
halliſchen Mädchen brav herum geſchlagen und
bin dabey nicht verdorben, ich habe immer noch
etwas dazu gekriegt!

C 5   Theo-

Theodorich. Schweig, Schweig! Unglücklich ist der Vater, den im wirklichen Zeitalter sein Stand dazu verdammt seinen jungen Son auf Universitäten zu schicken — Professoren und Mädchen verwirren ihm Kopf und Herz! Heil dem Landmann, der seinen Son in seinem Schoos erzieht!

Messalia. Du möchtest wol gar ein Bauer sein, daß dein Son mit keinem Kammermädchen sprechen könnte!

Henry. Mine ist Universitäts-Kammer-und Bauermädchen, gefällig wie ein Universitäts-schlau wie ein Kammer-und frisch wie ein Bauernmädchen! Hol mich der T. —

Theodorich. (ernsthaft) Ich werde dich, oder die Mine aus dem Hause schaffen — ich bin Vater, und —

Messalia. Ich Frau, und über das Kammermädchen habe ich allein zu sprechen — (heißt Henry abgehen) eher will ich aus dem Hause, und Henry und Mine müßten mit mir zusammen ziehen! (Henry geht ab)

Karl. (der eben ins Zimmer hineinspringt und Messalien rufen will)) Und ich als Sekretär! — gnädige Frau! Sie möchten zur gnädigen Frau Schwester kommen. (geht ab)

Messa-

Meſſalia: Du kannſt dich beſinnen, ob du Henry und Minen in Ruhe laſſen, oder dieſe und deine Frau aus dem Hauſe haben willſt.——

(geht ab)

Theodorich. Wie herrlich! Meine Frau will mich aus einem Edelmann zum Freiherrn machen — ſie will gehen! ſchön! ſchön! ſchön!

(geht ab)

Vierter Auftritt.

Sigismund, Karoline.

Sigismund. (kommt ins Zimmer, worin Karoline allein an einem Tiſch ſitzt und lieſt) Ich wollte den Geheimenrath ſprechen, und habe nun das Vergnügen Sie zu finden!

Karoline. (freundlich) Das iſt vortreflich, daß Sie ſich ſo verirrten! — wer wies Ihnen denn dies Zimmer?

Sigismund. Ich ſahe keinen Bedienten, und gieng gerade zu, und gerade recht! — Sind wir ſicher, daß uns hier niemand belauſcht? — ich habe etwas mit Ihnen zu ſprechen!

Karoline. Sprechen Sie nur, aber ein wenig geſchwind!

Sigis.

Sigismund. Könnten Sie wol den Lieutenant Springensfeld heimlich in meine Fall-
kiefern? — ich habe dem Geheimenrath zwar
geschrieben, daß ich ihm vergeben wolle, aber
so ein Pöschen möcht ich ihm doch spielen, und
Sie — (küßt sie) ach Sie sind ein Herzens-
Mädchen! Sie könnten mir diese Freude machen! — und Sie sollen! —

Karoline. Wann ich aber verraten würde,
und der Lieutenant Springensfeld mich zum
Krüppel schlüge, wollen Sie mich auf Pension
setzen?

Sigismund. Noch vor, ehe Sie Springensfeld zum Krüppel schlägt — und sie sollen
gleich morgen zu mir ziehen, und — eh'
wollt ich Sie zum Krüppel küssen, als daß Sie
Springensfeld dazu schlagen dürfte!

Karoline. Aber, lieber Herr Oberst!
wenn Sie mich zu sich nemen, — ich habe so
viel Verwandte, und diese möchten Ihnen be-
schwerlich werden!

Sigismund. Dafür habe ich eine Wache
vor dem Haus, daß mich kein Verwandter besuchen darf!

Karoline. Und wann ich ausgehe —

Sigis-

Sigismund. Sie fahren entweder mit mir, oder doch wenigstens in Begleitung meiner Dienerschaft aus.

Karoline. Aber wenn Sie sterben! — Sie sind schon Oberst!

Sigismund. So sind Sie Universalerbinn! Sie sollens schriftlich haben!

Karoline. Ja, ja! Diese Schrift geben Sie mir, und dafür geb ich Ihnen schriftlich, daß ich Ihnen den Springensfeld in Ihre Falle bringen will!

Sigismund. Top! aber wie wollen Sie die Sache angreifen?

Karoline. Ich habe diese Nacht dazu, es zu überlegen, und morgen geben Sie mir denn schriftlich, daß ich Ihre Universalerbinn sei. — dann will ich Ihnen den schönsten Plan zu Springenfelds Ueberlistung zu Papier bringen.

Sigismund. Nun will ich zum Geheimenrath gehen, und diesen treuherzig machen.

Karoline. Oder, wenn Sie wieder ungesehen wegkommen können, so gehen Sie lieber nicht zum Geheimenrath.

Sigismund. Will sehen; und morgen kommen Sie! — oder heute noch. Sie schlafen doch nicht hier?

Karo-

Karoline. Nein, aber ich muß in meinem Logis schlafen, daß ich die Sache wegen Springensfeld überlegen kann.

Sigismund. (giebt ihr die Börse) Gute Nacht, Kind! — ich will mich fortstelen!

(geht ab.)

Fünfter Auftritt.

Karoline.

Karoline. (Zält die Goldstücke) Sagt ich nicht zu Franzisken, daß man nicht von einer Börse lebt? Schon wieder eine. — und Universalerbinn! Den Oberst will ich wol bald zu tode lieben! — Er ist schon Oberst, er muß alt sein! Nun krieg ich alles frei — bin eines Obersten Liebstinn, und komme aus einer Freundschaft heraus, die mir nur lästig ist — Parbleu! Schönheit, und ein Loth Verstand gewinnen einen Centner Glück! — Aber wie soll ichs mit Springensfeld angreifen? er dauert mich doch, 's ist ein hübscher Junge, und im Grunde hundert Procent mer wert, als der alte Oberst! nur daß er mich nicht zur Universalerbinn machen kann! —

Blitz!

Blitz! man lebt nicht von zwei Börsen!
Springensfeld muß mir die dritte eintragen! ich
entdecke ihm des Obersten Rache, er kann ihr
entgehen, wenn er sogleich seinen Abschied
nimmt, und als Privatmann vons Königs Gelder lebt, die Franziskens Mann einkassirt —
den Oberst geb ichs dann schriftlich, sobald ich
Universalerbinn bin, wie ich Springensfeld stürzen wolle, und wenn diesen noch vorher mein
Plan täuscht, so hat ihn der Oberst doch schriftlich, und ich bin einmal Universalerbinn! —
und habe ein ruhiges Gewissen, daß ich für des
Oberst Vermögen, für Springensfeld und mich
sorgte, daß keines von uns verdirbt! — (lacht
laut) ha, ha, ha! Alter, du sollst in Friede
dein Leben beschließen! Dein irrdischer — soll
dich nimmer anfechten! und Springensfeld soll
dein Nachfolger werden! ja, ja! er gefällt mir,
und wann der Oberst todt ist — Geld hab ich,
und dann einen Mann, wie ich ihn will! Ha,
ha, ha! seinen Kindern giebts Gott schlafend!

(geht ab.)

Sechs

Sechster Auftritt.

Meſſalia, Mine, Henry, Johann.

Meſſalia. (zu Mine) Hüte Sie ſich doch vor meinem Mann, liebe Mine! er drohte ſogar Sie oder Henry aus dem Hauſe zu jagen — aber ich bin ihr Frau genug!

Mine. Ich wollte Ihnen wol im Vertrauen ſagen, daß der gnädge Herr mit der fremden Mamſell ganz allein auf einem Zimmer geweſen iſt, aber ich konnte nicht hören, was ſie ſprachen, — nur, wie die Mamſel wieder alleine war, hört ich ſie Springenfelds Namen nennen.

Meſſalia. Ich glaube wol gar, daß es mein Mann mit Karolinen hält — vielleicht will er mir dieſe zum Kammermädchen geben! —

Mine. Er muß mit ihr etwas im Sinn haben, betrifft es nun ſie ſelbſt, oder Springensfeld!

Meſſalia. Sollten wir doch ſchlau genug ſein, dieſen Streich zu erfaren! — Mine, ſie half mir doch ſchon oft zu einem Späschen, den ich meinem philoſofiſchen Herrn machte, ſtell ſie ſich gegen Karolinen recht freundlich, und ſuche ſie ihre Gedanken ihr abzulocken — Henry

ſoll

soll ihr hundert Küsse dafür geben, und mein
Mann selbst noch obendrein bezalen!

Mine. O ja! das möcht ich gern, ich will
sogleich Karolinen sprechen, und wann ich eine
Weile mit ihr gesprochen habe, will ich über
Sie zu klagen anfangen, dann will ich ihr bald
ins Herz gukken!

Henry. (ins Zimmer stürzend) Sakerment,
Mama! Der Vater wollte mich gar prügeln,
er ließ mich zu sich rufen, schlos die Thüre ab,
und sprach mit mir, wie wann er vergessen hätte, daß ich eines Geheimenraths Son bin!

Messalia. Sollte wol Karoline nicht daran Schuld sein? Henry hat noch nicht mit ihr
gesprochen, und das verdrießt ihr vielleicht!
(zu Henry) Du mußt mit der fremden Mamsel,
die im Hause ist, auch sprechen!

Henry. Potz Blitz! eine fremde Mamsel!
wo ist sie dann? — ich liebe Neuigkeiten! O
wann die den Papa wider mich aufbrächte, —
ist sie hübsch? so straf ich sie dafür am Leibe ab!

Mine. (höhnisch) Aber Sie müssen ihr als-
denn Geldstrafe dafür geben.

Messalia. (zu Minen) Er meints nicht so
schlimm! Henry ist ihr doch gut! —

D   Hen-

Henry. Aber was fangen wir mit dem Papa an! ich dächte, Sie hielten ihn in besserer Ordnung! — ich miete mir ein eigen Logis, und lebe für mich!

Messalia. Sei nur zufrieden, mein Son! Der Papa soll dir nichts mer sagen dürfen, was dir unangenem ist — aber kanst doch vorsichtig handeln, daß er nichts hört und sieht, was zu sein Erziehungssistem nicht paßt.

Henry. Ich will die Mine noch wol in sein Erziehungssistem hineinflikken!

Mine. (lächelnd) Hineinnaturalisiren! — Nur nicht durch Kunst und durchs Recht!

Messalia. (vor sich hin) Gottlob! daß mein Son meine Natur hat! wann er wie sein Vater wäre, ich wollte nicht sagen, daß ich ihn geboren hätte! aber er liebt, was jung und hübsch ist, und schämt sich keines Menschen! — er taugt in die Welt!

Johann. (ins Zimmer tretend) Wo ist Jungfer Mine, sie soll zum gnädgen Herrn kommen! (geht ab)

Mine. (erschrokken) Ich zum gnädgen Herrn?

Messalia. Der Herr hat nicht über Sie zu befelen, Mine! sie bleibt hier, und besorgt,

was

was wir sprachen — ich will hören, was er auf seinem Herzen hat! (geht ab)

Henry. Liebes Mädchen! Dir bleib ich treu! Du kannst dich auf mich verlaffen — und wann mein Vater tausend Teufel im Leiß hätte, --- ich und meine Mutter thun, was fie wollen! --- (küßt fie) aber jetzt komm, wir wollen die fremde Mamfel beantlißen!

Mine. (zaghaft) Ja! wenn ichs auch ge- wiß wüßte, daß Sie mich nicht verließen --- Sie denken doch noch an jene Minute, in der Sie mein Glück oder Unglück von Ihnen ab- hängig machten --- O! Sie hätten kein ruhi- ges Gewiffen, und kein Glück mer! (fällt ihm um den Hals) Vater! Vater!

Henry. [lächelnd] Hol mich Gott! Dies ist mein Univerfitätstitel, den bekam ich in Halle, und behalt ihn doch in Ehren! --- komm, komm! wir müffen gehen! (beide gehen ab)

Siebenter Auftritt.

Karoline, Franziska, August, Henry, Mine.

Karoline. (zu August) Der Oberft hat mir verfprochen Sie beim Regiment zu behalten!

August.

Auguſt. O allerliebſtes Mädchen! eine
ware Menſchenfreundinn! Sagen Sie mir, wo=
mit ich Ihnen lonen ſoll?

Franziska. O möchten Sie nicht bey mir
bleiben? — ich liebe Sie ſer!

Karoline. (ſtolz) Ich habe den Oberſt
verſprochen in Zukunft ſeine Haushaltung zu be=
ſorgen!

Henry. (ſieht ſie frech an) Die blitz Offi=
zier kapern immer die beſte Mädchen weg! —
's iſt meiner Seel ein Mädchen für einen Oberſt,
und —

Mine. (höhniſch) Für Juriſten und Medi=
einer, und Kaufdiener und Kammerdiener!

Karoline. (lachend) Sie haben ganz recht,
Mamſel, ich bin ein Mädchen für alle, und auch
für den jungen Herrn von Irrwiſch (zu Henry)
Sie ſind es wol? —

Henry. Bravo! Der Natur aus dem Bu=
ſen geriſſen, mein Seel! wer ſie anſieht, fült,
daß er Menſch iſt!

Auguſt. (zu Karolinen) Aber ſagen Sie
mir doch, ob der Oberſt ganz beſänftigt iſt, und
mich nicht etwa doch zu drücken ſucht?

Karo=

Karoline. Wie, wann ich des Obersten Gedanken wüßte! — Sie sollten ihn doch besser kennen!

Mine. (zu Franzisken) Karolinens tükkischer Blick entdeckt nicht viel Gutes für den Herrn von Springensfeld!

Henry. Karoline ist ein herrliches Geschöpf! ich schaff mir noch Degen und Port Epee an, um für sie elektrisch zu sein!

Mine. (höhnisch) Degen und Port Epee und Mamsel Karoline möcht Ihnen gut anstehen!

Henry. 's ist ein Kammermädchen, und jalou! Welcher Kontrast!

Franziska (zu Karolinen) O! wann nur Springensfeld vor dem Oberst sicher ist!

Karoline. (zuckt die Achsel) Wenn ich Springensfeld wär, ich wollte mich wol sicher stellen; er hat ja sein Brod in sichern Händen!

Franziska. Wir wollen allein von dieser Sache sprechen! — Springenfelds Sicherheit und Ruhe muß gewiß sein!

Henry. (zu Mine) Wie krieg ich heute noch Geld — und ich muß haben — ich muß noch ausgehen!

Mine.

Mine. (lachend) O der Jude Isak ist erst gestern bei der gnädigen Frau Mama gewesen — sie hat gewiß Geld!

Henry. Blitz! Der Jude sollte mir doch auch auf meiner Mama Rechnung Geld geben!

Mine. Alles auf Rechnung des gnädigen Herrn Papa! Die Berliner Juden halten sich an positive Einnamen!

Franziska. (zu Mine) Ists wahr, daß der Jude Isak gestern im Haus war?

Mine. Und er bringt heute wieder Geld! —

Franziska. Er soll weder mich noch meine Schwester heute mer sprechen!

Henry. Aber ich will ihn sprechen — ich brauche Geld!

Mine. (zu Henry) Still! still! Geld genug im Haus — und den Schlüssel! — Die Frau Mama ist gar nicht mißtrauisch (zeigt ihm einen Schlüssel zu einer Sekretaire.)

Henry. Ha! Bey meiner Mutter und beim Kammermädchen verderb ich nicht!

Karoline. Ich muß mich empfelen! — ich muß —

Henry. Wol noch zum Oberst!

Karo-

Karoline. Nein! nein! ich muß nach Haus!

August. Bestes Mädchen! verweilen Sie noch bei uns, ich möchte noch gern etwas mit Ihnen sprechen!

Henry. Der Lieutenant Springensfeld ist so verwirrt! er muß ein wichtiges Geheimniß haben!

Mine. Fragen Sie einmal Ihre Tante!

Franziska. (zu Mine) Wir wollen zu meiner Schwester gehen, und ihr sagen, daß der verdammte Jude heut noch kommen will! (gehen ab)

Henry. Ein verdammter Jude! — Der kein Geld borgt, oder geborgtes wieder fodert! — 's giebt auch solche in Halle! (geht ab)

Achter Auftritt.

August, Karoline, Messalia.

August. (eine Börse in der Hand) Nemen Sie dieses für Ihre Bemühung, um mich bei dem Oberst Brumeisen! —

Karoline. (ernsthaft) Behalten Sie immer das Geld — aber ich rathe Ihnen!

D 4

August.

August. Ach! ich merke noch Unrat! sagen Sie mir offen die Wahrheit! — O ich bitte Sie! Sie können mich glücklich oder unglücklich machen! (giebt ihr die Börse)

Karoline. (wirft die Börse auf den Tisch) Als ob ich Geld beauchte!

August. Schönstes Kind! ein Oberst hat freilich mer Geld, als ein Lieutenant — und

Karoline. Ein Lieutenant, der eines Kriegsraths Frau liebet, noch mer, als ein Oberst!

August. (küßt Karolinen) Ach sagen Sie mir, was der Oberst im Sinn hat!

Karoline. Das müßt ich erst noch erfaren! aber ich versichere Sie, ich lokke den Oberst aus!

August. (nimmt die Börse vom Tisch) O Sie mögen wol dieses schon gethan haben (steckt ihr die Börse in die Tasche)

Karoline. Wenn ich Ihnen raten soll, so nemen Sie Ihren Abschied sobald möglich! — Der Oberst — ja, wenn Sie mich nicht verrieten: — der Oberst rächt sich sicher an Ihnen!

August. (Karoline umarmend) Dank! tausend Dank! — Franziska soll Ihnen noch lonen! ewig bin ich Ihnen verbunden! heute will ich noch um meinen Abschied schreiben! Sie sind

mein

mein Schutzengel! — 'ach was ist ein Mädchen nicht? ein sichrer Blitzableiter, wenn
Donnerwetter einschlägt!

Messalia. (ins Zimmer tretend) Ein hübsches Paar! — ich werde Sie doch nicht in Ihren Geheimnissen stören?

August. Als ob's Ihnen ein Geheimniß
wäre, was ich mit dem Oberst Brumeisen zu
thun habe!

Messalia. Ich dächte die Sache hätte ihre Endschaft erreicht!

Karoline. (vor sich) Messalia ist so zer-
streut! eine sichtbare Unruhe blitzt aus ihren
Augen! es muß was besonders vorgefallen sein!

August. Gnädige Frau! wenn ich mir
schmeicheln darf, daß Sie meine Freundin sind,
so sein Sie auch Karolinens Freundinn! —
das ist ein Mädchen nach der Mode und nach
dem Herzen!

Messalia. Meine Schwester liegt mir zu
sehr am Herzen, als daß ich nicht ihre Freundinn sein sollte! — wann nur — ach mein
helldenkender Mann und der schwarze Jud pas-
sen nicht gar zusammen, und —

Karoline. Jud — was soll das bedeu-
ten? —

Mef-

Messalia. Verzeihen Sie, ich muß weg=
gehen, ich habe nothwendige Geschäfte!

August. Und die meinigen sind eben so
dringend — ich muß noch einen Brief an den
König schreiben!

Messalia. An den König! — vielleicht
gar um eine Frau! ha: ha! ha! (gehen alle ab)

Neunter Auftritt.
August, Karl.

August. Wie itzt die Welt so buntschäkkig
ist! — und alles ist möglich! will ich mich doch
über nichts mer wundern, so werden sich die
Leute auch nicht wundern, wann ich um einer
Frau willen Degen und Port d'Epee in die
Schanze schlage! — Ich muß bei dem König
schwache Gesundheitsumstände vorschützen —
aber sollt ich mich auch auf Franziskens Geld verlas=
sen können? — ich muß mir eine ansehnliche
Summe baar vorstrekken lassen! — ihr Mann
kommt bald von der Reise zurück, und wann der
einen Punkt vom Punkt unserer Liebe erfüre,
so punktirte er mit dem alten Geheimenrath mei=
ne Schande und mein Unglück sicher aus —
das ist ein gewagter Schritt! und doch des

Oberst

Oberst-Rache zu entgehen, will ich lieber in den
Schutz eines Weibes mich werfen! — Franziska ist ein gutes Weib, und ehe sie mich ſtekken
läßt, läßt sie lieber ihren Mann die Beſoldung,
nimmt das vorhandne Geld, und lebt mit mir —
ſollts in der entfernſten Gegend der Welt ſein! —
ja! ja! um meinen Abſchied muß ich bitten!
und dann, leb ich auf Franziskens Landgut! ich
will mir ihren Mann ſchon zum Freunde machen. — und wenns fehlt! Ha! ein Deutſcher
kann auch ein Engländer ſein! — wer
kommt? — **Karl** (ins Zimmer tretend erſchrickt)
— iſt die gnädige Frau nicht hier — (voller
Beſtürzung) wann ich den Schurken zu pakken
kriege, ich zal ihm ſein Geld auf den Schädel
aus — (geht ab)

Auguſt. Welche Unordnung im Haus, und
in meinem Kopf! (geht ab)

Zehnter Auftritt.

Meſſalia, Franziska, Appollonia.

Appollonia. (in einem Lehnſtul ſitzend) Ach
ich habe ſchon ſo viele Erfahrungen gemacht,
habe drei Männer geerbt, und alle drei in dem

veſten

veſten Glauben ſterben laſſen, daß ſie eine treue aufrichtige Frau hätten, und (zu Meſſalien) du kannſt deinen einigen Mann nicht beruhigen — ich hörte ſchon lange einen Lärm im Hauſe, und es kränkt mich im innerſten meines Herzens, wann meine Töchter unſchuldig leiden!

Meſſalia. Es will der Jude Jſak meinen Mann ſprechen, und Sie wiſſen, daß mein Mann keinen Juden leiden kann.

Appollonia. Ja! du mußt ihm auch in dieſem Fall allen Verdruß erſparen!

Franziska. Gnädige Frau Mama: (küßt ihr die Hand) Ihr Rath iſt vortreflich — aber der Jude beſteht darauf den Geheimenrath zu ſprechen!

Appollonia. Er will eben nicht den Geheimenrath ſprechen, dazu möcht' er ſelbſt zu beſcheiden ſein, daß er wol weiß, daß ein Geheimerrath von einem Juden keine Viſite annimmt, aber unverſchämt genug möcht' er ſein vom Geheimenrath Geld zu fordern — und wann ihm Meſſalia dieſes giebt, ſo hört ſein Wunſch, ihren Mann zu ſprechen, gewiß auf —

Meſſalia. Aber ich habe wirklich kein Geld für einen Juden!

Appollo-

Appollonia. Aus der Kaſſe, woraus es dein Mann nemen müßte, nimm du es, und du überhebſt deinen Mann, der ungern ein galantes Weib, und einen Juden ſieht, alles Verdruſſes und Inkommodität!

Meſſalia. Aber ich habe den Schlüſſel zu meines Mannes Kaſſe nicht!

Appollonia. (lächelnd) Ich habe nicht drei Nächte bei meinen Männern geſchlafen, ſo hab ich ſchon den Schlüſſel zu ihrer ganzen Baarſchaft, und allen Geheimniſſen gehabt! ein Mann hat gewönlich einen feſten Schlaf, und eine ſorgfältige Frau, die ihres Mannes Geſundheit in Acht nimmt, daß ſie durch keine Galle zerſtört wird, einen leiſen Tritt.

Meſſalia. Herrlich! dieſe Nacht — und morgen zal ich den Juden! --- ach! mein Mann ſchläft wirklich auf ſeinen Zimmer im Sofa! --- ich will --- ſachte --- (geht ab)

Franziska. Warlich! eine alte Mutter kann einen Schwiegerſon im Schlaf wiegen.

(geht ab)

Eilf=

Eilfter Auftritt.

Appollonia, Mine, Henry, Johann.

Mine. Gnädige Frau! soll ich Ihnen den Thee itzt holen lassen?

Appollonia. Liebe Mine! erfar sie doch die ware Ursache von dem Verdruß meiner Franziska, und entdekke sie mir solche.

Mine. Ein gewisser Lieutenant Springensfeld hat alle Schuld!

Appollonia. Meine Töchter haben zwar meine Natur, aber nicht meine Vorsicht!

Mine. Und — die gnädige Frau Franziska ist besonders unvorsichtig — ein gewisses Mädchen, die ich heute zum erstenmal im Hause sah, weiß schon um das ganze Geheimniß!

Appollonia. Ein fremdes Mädchen im Haus! —

Mine. Und sie ist schon die vertrauteste Freundinn des Lieutenant Springensfeld und Franziskens! — und! — im Vertrauen gesagt, sie hat schon brav Geld abgekriegt.

Appollonia. Liebe Mine! sei sie nur Messalien getreu. Das gute Weib hat so einen wunderlichen Mann, der seiner Frau keinen Scherz und kein Vergnügen zalen will — und sie —

Mine.

Mine. Ja, ja! sie braucht viel, wie der Jude sagt ebenfalls, daß er brauche!

Henry. (hereintretend) Wo ist das Kammermädchen? — Pot, alle Wetter!

Mine. (erschrickt) Was befelen Sie, gnädiger Herr?

Henry. Gleich, gleich zu meiner Mutter! — sie liegt — hol mich der Teufel! sie liegt in Ohnmacht!

Appollonia. (steht auf, und wankt fort.) Gewiß ihr Mann, und — der Jude! ein sonderbarer Mann und ein Jude, zwei verhaßte Geschöpfe!

Henry. Ha! ich habe mich mit manchem solchen Geschöpf herumgeschlagen, — und bin immer gut davon gekommen!

Johann. (eilig) Ist der Jude nicht hier?

Henry. Zum Henker! — Ha! ich muß an den Kerl mein Meisterstück zeigen, daß ich auf der Universität war! — (geht ab)

Zwölfter Auftritt.

Theodorich, Messalia, Isak, Karl, Mine.

Messalia. (stellt sich ohnmächtig im Zimmer auf einem Sofa)

Theo-

Theodorich. Das geht mich nichts an — ich weiß von nichts, und die Unterschrift ist falsch!

Isak. So war Gott lebt! die gnädige Frau kam und sagte, Sie hätten sich unterschrieben!

Theodorich. Das kann ich nimmermer von meiner Frau glauben — und er geht aus meinem Zimmer, oder —

Karl. Ich steh zu Befel, gnädiger Herr! — und Peitsch und Hunde!

Isak. Wann nur die gnädige Frau sprechen könnt!

Theodorich. So geh! meine Frau wird dich so wenig sprechen wollen, als ich!

Karl. (vor sich hin) Wann ich nur erst eine Sekretärsstelle, und eine zehnjährige Besoldung voraus hätte! — der Jude möchte hier im Hause Haupterbe werden!

Isak. Also krieg ich kein Geld!

Theodorich. (Karl winkend) Wo ist die sakermentische Handschrift?

Isak. (hat die Handschrift in der Hand) Gnädiger Herr! —

Karl. (reißt Isak die Handschrift weg) Ha! Jude! (zerreißt sie)

Isak.

Iſak. (zitternd) Jemini nicht! Jemini nicht! meine Handſchrift!

Karl. Eines Geheimenraths Wort gilt mer, als hundert Juden-Schwüre!

Theodorich. Schaff den Juden fort!

(geht ab)

Mine. Stehen Sie auf, gnädige Frau, stehen Sie auf! der gnädige Herr iſt weg!

Meſſalia. (ſich aufrichtend) Aber ——

Iſak. Gnädge Frau! Sie wiſſen — bei meiner Seele! ich muß! ——

Meſſalia. (fällt wieder nieder)

Karl. (den Juden fortſchleppend) Ha! ſollteſt du nicht wiſſen, daß ein vornehmer Chriſt einen Juden prellen kann? — ha! ha! ha!

(Der Vorhang fällt)

Ende des zweiten Aufzugs.

E   Drit-

Dritter Aufzug.

Erster Auftritt.

Theodorich, Johann, Montmorcy.

Theodorich. (im Zimmer geh=

Alles so still, so ruhig! — aber jeder ruhige
Augenblick meines Hauses wittert Sturm! ich
habe schon lange Ahndungen, doch ich will nicht
vor der Morgensonne zittern, die zum Abend-
gewitter aufsteigt, der Weise lächelt selbst mitten
im Sturm! — Wenn ich nur meinen Gott
noch von den weiblichen Thorheiten zurückrufen
könnte, die er schon mit idealischen Entzükken
anbetet! ich glaube, daß dieser Sturm meines
Hauses der größte und unvermeidlichste sein
wird. — Ach, die Weiber und Mädchen! sie
ziehen einen Kordon um die ganze Männerwelt,
den tausend preußische Husaren nicht zerreissen
können! Das Mädchen, dem die Gutwilligkeit
eines Mannes den Namen Frau leiht, opfert
den Son, den sie gebiert, selbst der List ihres
Geschlechts, und giebt der Tochter ihre Natur!—
Keine Philosofi und keine Bibel deckt hie —

hier

hier entscheidet ein glückliches oder unglückliches
Temperament und der Zufall. — Der Mann
und der Schooshund einer Frau sind zwei gleich-
artige Geschöpfe, die nach einem in die Höh ge-
hobnen Zukkerbrod vergebens hüpfen, wann das
zärtliche Weibchen Freude daran find sie närri-
sche Sprünge machen zu laßen! — Süsse
Stunden, in denen ich die Welt noch nicht kann-
te, da ich von der Weibergeschichte nichts als
den Mutternamen wußte! und itzt muß ich zittern, daß ich Vater heiße, und die Mutter
meines Sones — und ein Kammermädchen macht
mich zittern! — Sind wir Männer? — Wo
ist deutscher Mut, und deutsche Freiheit? Fließt
kein Römerblut mer in unsern Adern? Kommt
zurück aus euren Urnen, und haucht aus Euren
Nachkömmlingen die gallische Luft aus!

Johann. (ins Zimmer tretend) Gnädiger
Herr! der Kammergerichtsrath Montmorcy
möchte Sie gerne sprechen! aber ich habe nicht
gesagt, daß ich wüßte, ob Sie zu Hause sein.

Theodorich. Montmorcy will mich sprechen! — er muß was besonders haben, daß
er noch so spat kommt! — Ja, ja! öffne ihm
die Thür! (Johann geht ab)

Theo-

Theodorich. Schon flieht meine Ruhe, wie der Schlaf von den Augen eines Unglücklichen!

Montmorcy. (kommt ins Zimmer) Sie verzeihen, Herr Geheimerrath, daß ich Ihnen noch so spät besuche, aber meine Pflicht, und die Achtung, die ich gegen Sie trage, hieß mich zu Ihnen eilen!

Theodorich. Setzen Sie sich bei mir, was bringen Sie denn gutes neues? (beide setzen sich)

Montmorcy. (zuckt die Achsel) Für Sie vielleicht nicht mer neu, aber auch nicht angenem! — ich habe erfaren, daß Ihre Frau Schwägerinn in Gesellschaft Ihrer Frau einen ziemlichen Theil der königlichen Gelder, die Ihr Herr Schwager in Verwarung hat, in seiner Abwesenheit verschwende, und will Sie bitten, für die Sache zu sorgen, ehe sie zu größerm Nachtheil Ihres Hauses gereicht.

Theodorich (heftig) Eine fürchterliche Neuigkeit! — Eine Neuigkeit, für mich aber die natürlichste, die aus Stolz und Leichtsinn fließt, und Stolz und Leichtsinn sind der Weiber unstreitiges Eigenthum! —

Montmorcy. Und Sie sollten nichts, gar nichts noch entdeckt haben? — die Pracht Ihres Hauses, und der ganze Aufwand, der zugleich

gleich mit vielen Kosten geschieht, sollte Sie
doch — Sie verzeihen mir! —

Theodorich. (unterbricht ihn) Ich bin selten
in meinem Hause zu Haus, ausser auf meinem
Studirzimmer, und da finden Sie keine Pracht,
die königliche Gelder erforderte.

Montmorcy. Ich bedaure Sie, daß Sie
mit sehenden Augen nicht sehen!

Theodorich. Aber wissen Sie die Sache
gewiß? ist es nicht Verläumdung?

Montmorcy. Allzugewiß! — und wir
wollen heute noch die Kasse stürzen, so werd ich
Sie überzeugen können.

Theodorich. Ich bitte Sie, lassen Sie
mir Zeit, die Sache zu überlegen! — und ich
will meine Frau und Schwägerinn darüber ver-
hören, ehe wir dieses thun!

Montmorcy. Aber versäumen Sie keine
Stunde! — ich will iezt gehen, und in zwei
Stunden bin ich wieder bey Ihnen! — Noch
bin ich als Privatmann und Freund Ihres Hauses hier, aber retten Sie die Ehre desselben,
bringen Sie die Kasse in Sicherheit! — Ihr
Herr Schwager wird Sie Ihnen doch bey seiner
Abreise übergeben haben! und Sie — ach Sie
sind ein allzuguter Mann, und zu philosofisch,

als

als daß Sie um Weiberkleinigkeiten sich bekümmerten, die große Folgen haben!

Theodorich. Ich sah je zuweilen nach der Kasse, ich habe den Schlüssel in meiner Sekretaire, aber ich konnte nichts merken — ich bin unschuldig! — und so was denken! so natürlich nun der einmal hervorgebrachte Gedanke ist, so unnatürlich wäre er zuerst in mir entstanden!

Montmorcy. Ich will Ihnen itzt die Sache zur Untersuchung überlassen! — in zwei Stunden bin ich wieder hier.

Zweiter Auftritt.

Theodorich, Karl.

Theodorich. (hastig gehend) Ach die verdammte Galanterie! Aus bloßer Galanterie greifen meine Frau und Schwägerin das königliche Geld an! der Lieutenant Springensfeld wird wol auch einen Theil davon bekommen haben! — Himmel! wie mach ich die Sache wieder gut? — Die Ehre meines Hauses muß ich retten! meine persönliche Ehre ist dabei auf dem Spiel! — ja, ja! ich hätte mißtrauischer sein sollen — königliche Gelder fort — und einen Juden einen Wechsel von drei tausend Thalern schuldig —

dig — warlich! ich lebe in einer großen
Stadt, und in aufgeklärten Zeiten — aber
diese sollen mir itzt auch in der verwirrten Sache zu statten kommen! — ich will den Kammergerichtsrath aufklären, daß er den Defekt
als voll ansieht — mein Schwager ist ohnedies
ein aufgeklärter Mann, und versteht sich auf
die neumodischen Rechnungen — den Juden
hab ich schon durch meinen Bedienten aufklären
lassen! — ich allein bleibe Pedant, und ein
ehrlicher Mann! — und meine Frau und
Schwägerinn müssen itzt eine zeitlang zwischen
Licht und Finsterniß sich aufhalten, bis die Auf-
klärung mit dem Kammergerichtsrath in den
Rechnungen ihr Lichtvolles Ziel erreicht hat!
Ja, ja! so, und nicht anders muß ich die Sache angreifen! --- Zeiten, Umstände, Weiber, alles galant! so darf ich doch auch nicht mit
Prügeln drein werfen! ich will meine Frau und
Schwägerinn ganz höflich um die Sache befra-
gen, und gleich meinen Plan zu ihrer Einrich-
tung vorlegen! die Zeiten sind nicht anderst!

 Karl. (ins Zimmer tretend) Was befelen der
Herr Geheimerath?

 Theodorich. Du kommst mir eben recht!
Wo ist meine Frau und Schwägerinn?

Karl.

Karl. (lachend) Hier im Nebenzimmer!

Theodorich. Sie haben mich doch nicht sprechen gehört — das war! — haſt du nichts gemerket?

Karl. Ich will von allem nichts wiſſen, was im Hauſe vorgeht — 's ſind lauter Dinge, gegen die ich die ſtärkſte Antipatie habe, der Lieutenant Springensfeld, der Jude, und der Kammergerichtsrath, gefallen mir nicht!

Theodorich. Geh, und ſage meiner Frau und Schwägerin, daß ich ſie auf ein paar Worte ſprechen wollte.

Karl. Wann ich ſie aber nicht finde, oder ſie wollen nicht —

Theodorich. Ich muß ſie ſprechen!

Karl. (lachend) Der Männer Muß wird durch der Weiber Willen nur gar zu oft Unmöglichkeit. (geht ab)

Dritter Auftritt.

Henry, Mine, Karoline.

Mine. — So verwirrt ſah es in dieſem Hauſe noch nie aus, wie heut! — als ob alle bisherige Verwirrungen untereinander ſelbſt uneins würden!

Henry.

Henry. Ja! du haſt recht, liebe Mine! Die Mode, ein flottes Leben und Juden ſind zuerſt gut Freund, aber werden einander tod feind!

Mine. Wann ich nur wüßte, was der Kammergerichtsrath im Hauſe that! — mir iſt ſer bange!

Henry. Was kann dich der Kammergerichtsrath bekümmern? — er hat mit dem Papa Amtsgeſchäfte, wie ich denke!

Mine. Ach die gnädige Frau Mama macht mir die größte Sorge! 's iſt ſo eine gute Frau, und —

Henry. Hol mich Gott! meiner Mutter ſoll nichts zu leid geſchehen! ich habe die Hundspeitſche, und im Notfall eine gute Klinge immer parat, wann der Jude wieder kommen ſollte — und wann der Kammergerichtsrath Unruh macht, ſo ſteht ihm ebenfalls beides zu Dienſte! Was meine Mutter mir ſo oft ſagte, daß ich, als eines Geheimenraths Son, mir keinen zu nahe ſollte kommen laſſen, wollt' ich nun in ſolchem Fall zeigen, daß ich es mir wol gemerkt habe!

Mine. Ach, du biſt ein gehorſamer Son deiner Mutter!

Henry.

Henry. Aber desto unzufriedner ist mein Vater! — ha meine Mutter hat nur mer Lebensart, mein Vater meints auch nicht bös!

Mine. Du erhältst doch bald deinen Dienst, lieber Henry! o ich warte mit Schmerzen darauf! — —

Henry. Dienst — aber kein Geld!

Mine. Aber Geheimerathssöne sind doch gewont gleich in Brod gesezt zu werden!

Henry. Wir wollen sehen — und das übrige! — aber Mine! ich habe gestern mit einem geschickten Feldscher gesprochen — er ist so hübsch, und galant und lustig, daß er gewesne Jungfern gewis wieder in Jungfernstand zurücksetzen kann.

Mine. Aber auch aus den Jungfern- und Frauenstand in den neutralen Stand zu versetzen, der zwischen Gräsern und Würmern ist!

Henry. Die Naturen und der Geschmack sind freilich die verschiedenste Dinge in der Welt.

Karoline. (kommt ins Zimmer und stuzt) Ich verzeihen Sie, gnädiger Herr, ich dachte, der Lieutenant Springensfeld sei hier!

Mine. Der Lieutenant Springensfeld hat wirklich wichtigere Sachen zu thun, als im Vi-

siten-

sitenzimmer zu sein — er sitzt und schreibt! —

Karoline. Vielleicht einen Liebesbrief!

Mine. Noch zärtlicher, als einen Liebesbrief — er kann das Mordgewehr an seiner Seite nicht ertragen, und bittet, daß mans ihm abneme — der weichherzige Mann!

Karoline. Und die gnädige Frau Franziska sagte, daß er sich durch das Kommandiren so eine rauhe Stimme angewöne!

Henry. Ja, ja! Springensfeld thut recht, daß er seinen Abschied nimmt! itzt fängt das Exerziren wieder an, aber sobald dies vorbei ist, tret ich in seine Stelle!

Karoline. Bravo! Das sollte der Oberst Brumeisen wissen, er würde sich auf Springenfelds würdigen Nachfolger recht ser freun!

Henry. Sie können dem Oberst mich empfelen!

Mine. (lachend) Es braucht keine Empfelung! Der Mann empfielt sich immer selbst!

Henry. Ja, darum ist mir Mine auch so gut geworden, ohne eines Menschen Vorwort!

Karoline. Ich möchte gerne die Frau Geheimeräthinn, und den Lieutenant Springensfeld sprechen. —

Mine.

Mine. Jn wichtigen Affairen?

Karoline. Ich werde der Kammerjungfer nicht sagen, was ich der Frau zu sagen habe.

(geht ab)

Henry. Karoline ist ein stolzes Mädchen, sie muß viel Anbeter haben!

Mine. Es ist Zeit, daß ich gehe, und nach den gnädigen Frauen sehe! (geht ab)

Vierter Auftritt.

Johann, Theodorich, Apollonia, Henry, Mine.

Theodorich. Daß mich doch meine Frau nicht sprechen will! und ich wollte doch heute so galant gegen sie sein, als noch kein Liebhaber gegen sie war — aber das leidige Mistrauen!

Johann. (bestürzt) Gnädiger Herr! Die Frau und mein Kamerad sind fort — so eben auf der Post.

Theodorich. Du bist toll!

Johann. Nein! Nein! Gnädiger Herr! sie giengen beide zusammen! ich merkte, daß es nicht richtig war, und schlich nach! — sie giengen auf die Post, und Karl gab sich als einen Sekretär aus, und hatte Geld — Meiner Seel!

als

als wenn er des Königs Schatzkammer ausgeleert hätte.

Theodorich. Himmel! itzt ist der letzte Betrug ärger, als der erste! Geschwind spann den Wagen an, ich will ihnen nachsetzen!

Mine. Bei Gott! ich finde sie nicht! — ach meine liebe gnädige Frau! ach Unglück!

Theodorich. (zu Johann) Rufe meinen Son! er soll mich begleiten! — o ich unglücklicher Mann, daß ich eine reiche Frau heirathen mußte!

Johann. Gnädiger Herr! geben Sie mir die Vollmacht über Ihre Frau und den Sekretarius Karl, bleiben Sie ruhig zu Hause, und ich will sie zu Pferde verfolgen!

Henry. (ins Zimmer stürzend) Meine Mutter fort! Potz alle Wetter! kein Augenblick mer weil' ich nun im Hause! Itzt ist kein Geld und keine Freude mer darinn!

Theodorich. Eile, Henry, rufe deine Mutter zurück! — Die Treulose verläßt mich und dich! und 's Geld fort! — 's Königliche Geld! — Henry! — eile!

Johann. Gnädiger Herr! wann ich nur erst das Geld habe! — die Frau und der Sekretarius mögen nachkommen!

Theo-

Theodorich. Karl soll die Schwelle meines Hauses nimmer betreten! — aber geht itzt nur zusammen, und bringt —

Johann. Das Geld und die Frau (Henry und Johann wollen gehen) — aber wir müssen Geld haben, um Geld zu holen!

Theodorich. (giebt Geld) Hier! — ach eilt, und kommt bald wieder! — o was wird mein Schwager, der rechtschaffne Mann sagen? Welche Vorwürfe wird er mir Unschuldigen machen, daß ich die Kasse nicht sichrer bewachte! —

Johann. (geht ab) Ist doch nichts so schlimm, das nicht auch gut wäre! Der Spaß bringt doch mir auch wieder ein Paar Louisd'ors ein!

Apollonia. (ins Zimmer schleichend) Sie! Herr Geheimerath! Sie sind am Unglück meiner Tochter Schuld! ach die Unglückliche that es aus Verzweiflung einen allzuklugen Mann zu haben! Sie haben ihr ja nie kein Vergnügen gemacht! Nie mit ihr spaßieren gefaren, nie in Komödi, Redoute, und dergleichen Lustbarkeiten, deren eine junge Frau doch nicht entberen kann! — Ach, die leidige Ortodori eines Mannes! sie stürzt weiche Seelen in Verzweiflung! ich bin schon alt, und liebe immer noch Neuig-

keiten

keiten und Veränderungen, und meine Meſſalie
ſoll ihr Leben immer zwiſchen ihren Hunden mit
dem Strickzeug oder Nadel in der Hand ver-
trauren!

Theodorich. Aber die Ortodoxi eines Mannes zwingt doch keine Frau heterodoxe Gelder zu
nemen!

Apollonia. Das iſt mir ein Räthſel ——
Sie fantaſiren, Herr Son!

Theodorich. Nur allzutraurige Wahrhei-
ten fantaſir ich! ——

Appollonia. Meine Tochter hat Ihnen
doch Geld genug mitgebracht! ——

Theodorich. Und gebraucht — und mit-
genommen! ich hätte ſollen ſchärfere Zucht halten! dies iſt der ſtärkſte Vorwurf, den ich mir
itzt machen kann!

Appollonia. Ach Gott! wenn ſich nur
Meſſalia nicht erſäuft! — mir träumte in vo-
riger Nacht von einem großen Waſſer!

Theodorich. Sie hat ja einen Sekretär
bey ſich, der ſie ſicher genug bewaren wird, daß
ſie nicht mit dem Gelde ins Waſſer fällt!

(geht ab)

Fünf-

Fünfter Auftritt.

Springensfeld, Franziska, Karoline, Johann.

Springensfeld. (ein Schreiben in der Hand) Hier, bestes Mädchen! hier ist das Schreiben, worinn ich um meinen Abschied bitte! Der Oberst Brumeisen wird sich doch wundern!

Karoline. (zu Franziska) Dies Schreiben kostet den König auch Geld!

Franziska. Bst! bst! so was kann 's Schnaufen nicht leiden!

Karoline. Und noch weniger, daß die Gassenjungen davon sprechen!

Franziska. (erschrocken) Bst! bst! ich kanns nicht hören, es sind Odiosa!

Springensfeld. Aber werden Sie sich wirklich beim Oberst einlogiren?

Karoline. (lachend) Hat er denn kein Geld nicht? — oder erben ihn die Juden?

Franziska. Man wollte die Juden ja gerne nach dem Tode erben lassen, wann sie nur nicht schon bei lebendigen Leib erben wollten!

Blitz

Johann. (ins Zimmer stürzend) Das Geld ist da! Top! ich hab's erwischt (sieht sich um) Blitz! wo ist denn der Herr? — Hol der Henker die Frau und den Sekretär. (geht ab)

Franziska. Welcher Auftritt! — Geld, Frau und Sekretär! vielbedeutende Dinge!

Springensfeld. Ein infamer Lärm! und Messaliens Stimme tobt!

Karoline. Es ist besser ein Mädchen sein mit fremden Geld, als eine Frau!

Franziska. Wir wollen sehn, was vorgefallen ist.

Springensfeld. Warscheinlich eine große Kleinigkeit in einer großen Stadt! (geht ab)

Sechster Auftritt.

Theodorich, Messalia, Franziska, August, Henry, Johann.

Theodorich. (zu August) Was halten Sie auf die gegenwärtige Zeiten? Mich dünkt, das

F   Sie-

Fieber der Welt habe nunmer seine höchste Kri-
sin erreicht!

Auguſt. Sie ſprechen ſo ſchaudervoll! —
es möcht einem ſchon zu frieren anfangen!

Franziſka. (zu Meſſalien) Ach Gottlob!
daß du wieder bey uns biſt! — liebe Schweſter, du mußt niemals etwas ſo hoch anſchlagen,
als obs ſo vielbedeutend wäre.

Theodorich. Meine Frau wußte doch bis-
her noch immer, daß ſie Geheimeräthin iſt,
aber ſie ſcheint es auf ein paar Augenblicke ver-
geſſen zu haben, daß die Handlungen wirklich
nach den Perſonen beſtimmt werden.

Johann. (vor ſich hin) Deswegen wurde
Karl Sekretär!

Meſſalia. (zu Theodorich) Lieber Mann!
Deine Perſon ſchützt mich gegen den kleinen Feler, den ich machte!

Theodorich. Wie ſich meine Frau herab-
läßt, etwas Feler zu nennen, was die Mode
billigt, und galant heißt!

Fran-

Franziska. Eine Frau felt nie anderſt, auſſer aus Zwang!

Johann. (mit Henry ſprechend) Gnädiger Herr, das war ein hübſches Späschen, wie der Holländiſche Feldzug — da war wol auch viel zu machen!

Henry. Sakerment! Du kannſt doch nicht ſchweigen!

Johann. So gerve hab ich ſie noch nie nach Hauſe geholt.

Henry. Zum Henker!

Johann. Morgen nem ich meinen Ab-ſchied.

Henry. So ſey doch ſtill.

Theodorich. Der Kammergerichtsrath wird wol bald wieder kommen.

Henry. Das wird noch von mir abhang-gen.

Theodorich. Daß du nicht übel ärger machſt. — ein Felſtreich, in der Univerſitäts-

Hitze,

Hitze, könnte leicht die Brille verschlagen, die ein Gerechtigkeitsdiener gewönlich trägt!

Franziska. Man muß nur vorsichtig die Sachen unter diese Brille so setzen, wie sie gesehen werden sollen!

Theodorich. Ja! das will ich Ihnen überlassen, wann der Kammergerichtsrath kommt!

Messalia. Nur eine Bouteille Burgunder und ein Kartenspiel zur Hand!

Theodorich. Entweder müssen die Weiber unsrer hellen Zeiten allwissend, oder die Köpfe der Männer durchsichtig sein — die Weiber treffen die Männer am rechten Fleck!

Siebenter Auftritt.

Die Vorigen, Montmorcy, Karoline.

Montmorcy. (ins Zimmer tretend) Ich bin ja recht glücklich, so eine ansenliche Gesellschaft zu finden, und (auf Karolinen deutend) so ein hübsches Mädchen brachte mich ins Zimmer.

(Karoline neigt sich).

Mes-

Meſſalia. Allerliebſt! Herr Kammergerichtsrath! Sie ſpielen doch eine Partie L'hombre mit, es felt uns gerade an einem ſo zierli-
chen Spieler!

Montmorcy. Gnädige Frau! ich wollte
wol nicht ſpielen, doch einer Dame darf man
nichts abſchlagen.

Meſſalia. (läßt Montmorcy im Spiel gewinnen) Johann! dem Herrn Kammergerichtsrath einen Kelch Burgunder! (Auguſt und Franziska ſpielen mit)

Theodorich. (zum Kammergerichtsrath) 's
iſt alles in Ordnung!

Montmorcy. Ach! das dacht ich wol, daß
einem Mann, wie Sie, gar leicht iſt etwas in
Ordnung zu bringen! —

Meſſalia. Sie ſchenken uns doch recht oft
das Vergnügen auf ein Spielchen?

Montmorcy. Wann es meine Geſchäfte
erlauben.

Karoline. (zu Theodorich) Ich habe schon vorhin mit ihm gesprochen, eh ich ihn ins Zimmer lies!

Johann. (schenkt fleißig ein) So wolfeil kriegen wir den Burgunder nimmer, wie heute!

Montmorcy. (zu Theodorich, der! ein Buch in der Hand hat und liest) Sie spielen wol nie!

Messalia. Ha! Sie können mein Unglück denken, so einen philosofischen Mann zu haben!

Montmorcy. Wann der Mann philosofisch ist, muß die Frau ökonomisch sein!

Franziska. Das heißt! Mann und Frau müssen nie gleich denken!

Montmorcy. (empfielt sich, und zieht mit dem Spielgelde unversehens noch eine Börse ein, die vor ihm liegt) Sie verzeihen, ich habe noch dringende Geschäfte, die mich zwingen die angenehme Gesellschaft zu verlassen.

Messalia. Und wenn man fragen darf?

Mont-

Montmorcy. Ein Jude, Namens Isak, wollte mich schon zweimal sprechen.

Theoborich. Der Schurke! — der ists, von dem ich mit Ihnen sprach — er brachte mir einen falschen Wechsel zu bezalen.

Messalia. Und war noch so unverschämt zu behaupten, ich hätte ihm den Wechsel auf meinen Mann ausgestellt.

Montmorcy. Poz Galgen und Rad von einer Geheimenräthinn, und von einer reichen Frau so was zu sprechen! — ich will ihn heute noch sezen lassen!

Messalia. Allerliebst! und zwar, so lang ich lebe!

Montmorcy. Nun, nun! ich muß jetzt gehen, daß der Jude in Arrest kommt. (geht ab)

Achter

Achter Auftritt.

Die Vorigen.

Messalia. (küßt die Karten) Ha, ha, ha!

Theodorich. Ein herrliches Blatt dem Gewissen einen Nasenstüber zu geben!

Messalia. Bester Mann! ich habe deine Ehre deine Ruhe gerettet!

Theodorich. Ha! die Weiber wissen sich doch schöne Verdienste zu erwerben — Die Berliner Weiber! —

(Der Vorhang fällt)

———————

www.ingramcontent.com/pod-product-compliance
Lightning Source LLC
Chambersburg PA
CBHW020046030726
47499CB00007B/2606